U0108522

尋找藍天

周蜜蜜

給孩子的故事

周蜜蜜　著

新雅文化事業有限公司
www.sunya.com.hk

序

熱愛童話，享受童趣

　　童話是小孩子最早接觸的兒童文學體裁，這也正是兒童文學獨有的體裁。作為兒童文學最特別的作品，童話展示出人類天馬行空的想像力，巧妙地融合了理想主義和幻想。某些童話作品中的主要角色，往往投射了人們幼年時期的自我，可以帶有自我肯定和自我探索的特質。因此，孩子從小閱讀優秀的童話，對於他們的成長和教育，有很大的裨益。

　　我們都知道，童話最初是傳統口述民間故事的一部分，通常會被講述得具戲劇性並以口耳相傳的方式世代相傳。我們自小就熟悉的有《西遊記》、《封神演義》、《伊索寓言》、《格林童話》以及《安徒生童話》等等。我國著名的古典文學作家蒲松齡早於 1766 年，在他所創作的《聊齋誌異》中也收集了許多童話故事，由此可見童話在文學創作中的影響是相當重要的，包含了豐富多彩的傳統

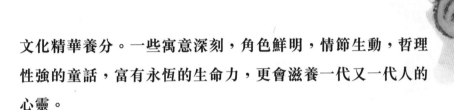

文化精華養分。一些寓意深刻，角色鮮明，情節生動，哲理性強的童話，富有永恆的生命力，更會滋養一代又一代人的心靈。

　　至於我本人，因為有一位兒童文學作家的母親，有幸能在初識人事之時，就常常聽到或看到許許多多的、形形色色的、各個國度的童話故事，而且很快就被迷上了，思想有如長上了翅膀，不分時空界限地放飛，感覺是美好而幸福的。我對童話的熱愛，從童年一直保留到成年，直至走上了兒童文學創作的道路。數十年來，童話創作一直是我最愛的事業，尤其是自從自己當上母親以來，就和自己的兒女一樣，熱愛童話，相信童話，創造童話。

　　現在我把自己喜愛的幾個童話故事結集成繪本，呈獻給所有的母親和孩子，希望能為你們帶來更多閱讀的樂趣和成長的睿智。

周蜜蜜

目錄

圖：藍曉

尋找藍天

　　海豚小公主嘟嘟很喜歡用海水吹泡泡玩，而且本領高超，可以把一個海水泡泡吹得很大很大，大得把自己的整個身子包起來，感覺就像乘上了一艘精美透亮的海上宇宙小飛船，在海洋和天空之間飄啊飄，浮啊浮，好玩極啦！還能透過泡泡放眼看看海，看看天，都是藍湛湛的，好像被水洗過那樣，清新又美麗。

　　這一天，嘟嘟吃完早餐，游到海面上一看，哎呀，怎麼搞的？天空變得灰灰黃黃的，一點藍色也沒有了。嘟嘟的心情一下子變壞了，就用海水吹出一個小泡泡，說：「泡泡小寶寶，我現在給你一個非常重要的偵察任務，查一查藍天為什麼不見了，快快把答案找出來！」

　　「是！」泡泡小寶寶應聲出發了。

　　他的身體小又輕，可以飄得很高，很遠。不一會兒，就飄到了一片田野上。

「媽媽呀，我很想飛去公園玩，不要再悶在家裏了。」泡泡小寶寶聽到一隻小蝴蝶向她的媽媽提出請求。

「不行啊，小寶貝。你看天空灰黃灰黃的，一點藍色都不見，空氣被污染了，你飛出去會生病的，還是乖乖地留在家裏吧。」蝴蝶媽媽説。

「可是，天空為什麼會變成這樣的呢？」小蝴蝶不高興地問。

「唉，那是因為人類在田裏噴了太多的殺蟲劑，空氣被污染了，天色就變了。」蝴蝶媽媽説。

泡泡小寶寶記住蝴蝶媽媽的話，繼續向上飄。

　　不一會兒，他就飄到了一棵大樹上。

　　「媽媽呀，我很想飛去廣場玩，不要再悶在家裏了。」泡泡小寶寶聽到一隻小麻雀向她的媽媽提出請求。

　　「不行啊，小寶貝。你看天空灰黃灰黃的，一點藍色都不見，空氣被污染了，你飛出去會生病的，安全至上，還是乖乖地留在家裏吧。」麻雀媽媽說。

　　「可是，天空為什麼會變成這樣的？」小麻雀不高興地問。

　　「唉，那是因為人類的工廠煙囪放出了太多的廢氣，空氣被污染了，天色就變了。」麻雀媽媽說。

泡泡小寶寶記住麻雀媽媽的話，繼續向上飄。不一會兒，他就飄到了一個商場上。

　　「媽媽呀，我很想到海邊去放風箏，看海豚，不要再困在這些泥石建築物裏了。」泡泡小寶寶聽到一個人類的小孩子向她的媽媽提出請求。

　　「不行啊，小寶貝。你看天空灰黃灰黃的，一點藍色都不見，空氣被污染了，你走出去會生病的，還是乖乖地留在這裏吧。」人類的媽媽說。

　　「可是，天空為什麼會變成這樣的？」人類的小孩子不高興地問。

　　「唉，是因為建築物裏的空調設備放出了太多的廢氣，空氣被污染了，天色就變了。」人類的媽媽說。

　　泡泡小寶寶記住人類媽媽的話，正要繼續向上飄，忽然看到一個人類的青年走過來說：「親愛的朋友，你們是不是很懷念看不見的藍天呢？」

　　「是啊！是啊！你能告訴我們，怎麼才可以把它找回來嗎？」人類的媽媽和小孩子一齊問。

　　「各位大朋友和小朋友，請你們跟我來。」人類的青年說。

　　於是，人類的媽媽和小孩子跟着他走，泡泡小寶寶也跟着他們飄過去。

很快地，他們來到一個展覽館，裏面有很多圖片、模型和實物，來參觀的人也很多呢。

青年向大家講解，也說了蝴蝶媽媽、麻雀媽媽和人類媽媽說過的話，打動人心。說到最後一句，所有的人跟着他講，非常響亮，也很有力量：「找回藍天，從我做起！」

泡泡小寶寶牢牢地記住了，立刻飄回海豚小公主嘟嘟的身邊，一五一十，詳詳細細地回報。

這天晚上，海豚小公主嘟嘟睡了，又醒了。她浮上海面，天還沒完全亮呢。她用海水吹出一個很大很大的泡泡，把自己包起來。頃刻之間，海和天都變成蔚藍色的一片，好看極了！

「嗨！小海豚，真美麗！我們把藍天找回來啦！」一個人類的小孩子向着她歡呼，她高興得跳起來。

「我們很久沒見過這樣美的藍天了，一定要好好地珍惜它。來！小海豚，請你和我們一起探望藍天好嗎？」人類的小孩子很有禮貌地說。

「好啊！好啊！」海豚小公主嘟嘟愉快地躍出海面，親近藍天。雖然她也想到，這可能是在夢中，不過，她也不要追究，因為她非常享受這一刻啊！

與兒童文學名家對話

周蜜蜜對孩子說：

藍天是大自然賜予人類的瑰寶，

能在美麗晴朗的藍天下生活，是很美好幸福的。

我們的歌星也歌頌天天天藍。可是，你會珍惜藍天嗎？

等到失去藍天的時候才醒悟過來，那就太遲了。

不如從今天開始，愛惜藍天，保護藍天吧。

孩子的話：

給伴讀者的話

周蜜蜜對爸爸媽媽說：

環境污染是最大的公害，要保住地球上的藍天，

必須從人類的小時候起，就加強環境保護的意識，

如同故事中的人物那樣，提高警覺性，

讓每一個人從自己做起。

圖：Spacey

説「不」的小灰馬

　　春天的原野，是一幅色彩繽紛的活動圖畫：碧藍的天幕下，翠綠的草長滿一地，當中點綴着五顏六色的小花、蝴蝶和蜜蜂在上面飛來飛去。

　　地平線上，出現了一個小灰點，近了，才看得出是一匹未成年的灰色小馬。

　　一陣「得得得」的馬蹄聲響起，原來是一匹棗紅色的大馬，拉着一駕載滿了農產品的馬車，飛快地跑到小灰馬身邊。對他說：「小傢伙，你獨自一個在草原上走，很不安全的！還不如跟着我，一起回到農場去。我的主人是個好心的老伯伯，他一定會收留你的。」

　　小灰馬搖搖頭説：「不！我有我自己的路，一定要自己走下去。謝謝你的好意，再見！」

夏季來臨了，小灰馬繼續走着。

小灰馬走過一個市鎮時，看見一匹大斑馬踢着一個大皮球走出來。她看見小灰馬，説：「嗨！灰小弟，這大熱天的，你怎麼還要在陽光下曬着，獨自去闖蕩啊？還不如讓我介紹你加入馬戲團，輕輕鬆鬆表演一下，既可以享受冷氣，又能贏得觀眾的鼓掌聲，多麼爽！」

小灰馬搖搖頭説：「不！我有我自己的路，一定要自己走下去。謝謝你的好意，再見！」

秋季來臨了，小灰馬繼續走着。

小灰馬經過一個練馬場，有一匹大白馬踏着落葉，「沙沙沙」地向小灰馬走過來，說：「喂，小兄弟，這麼早，天又涼，你單身上路多辛苦，還不如跟我在這裏參加賽馬大會的比賽，只要跑得快，不僅有成千上萬的人向我們喝采，還有大把的金，前程無限啊！」

小灰馬搖搖頭說：「不！我有我自己的路，一定要自己走下去。謝謝你的好意，再見！」

天氣變冷了，開始下雪了，許多動物都紛紛躲起來冬眠。

小灰馬卻在路上獨自繼續走着、走着。

漸漸地，小灰馬的四隻馬蹄已經長出了繭子和凍瘡，他每走一步路，都好像被一根根利針狠狠的刺着，鑽心地疼痛，但他咬緊牙關，堅持不停地走下去，走下去。

一個小孩子站在窗口前，看到小灰馬，大吃一驚，對他說：「小灰馬，你走得這樣艱難，是不是你的腿受了傷？還有，你的馬背兩邊，突出兩塊東西來，是不是生了什麼病？請你停一停，讓我的爸爸給你看一看，他是一個富有經驗的獸醫呢。」

內心湧起一陣痛苦和感激，使小灰馬忍不住流出了眼淚。但他咬咬牙說：「不！我還有自己的路要走。謝謝你的好意，再見！」

小灰馬邁着艱辛的腳步，一刻不停地繼續向前走。

走着，走着，他走進了一片山地。他大口大口地喘氣，汗水濕透了全身。就在這時候，他忽然感到有一股奇異的力量，在體內油然而生，好像一團火似的，把他渾身的血液燃燒得就像是要沸騰起來……

　　小灰馬背上兩塊突出的東西，迅即伸展成兩隻巨大的翅膀，他迎着高速的疾風，一飛沖天。

　　站在窗前的小孩子看見了，興奮地叫他的爸爸媽媽走到屋子外去觀看。

　　在同一時刻，農場裏的棗紅馬看見了；馬戲團的大斑馬看見了；賽馬場上的大白馬看見了。

　　大家一齊向高飛的小灰馬歡呼起來，讚美的聲音也源源不絕地傳遍了大地。

　　不過，小灰馬卻聽不見，他越飛越高，身上的灰色皮毛，變成了雪花綻放的圖樣。

「兒子，我最親愛的小兒子！」

一個充滿喜悅的聲音，在小灰馬，不，是小雪花馬的頭頂上響了起來。

小灰馬昂起頭，奮力地向上飛騰——只見雲端上站着兩匹大飛馬，正張開雪白的翅膀，一下子把他摟入懷裏，説：「我們的好孩子，你意志堅定，獨立進取，歷盡了種種磨煉也不迷失、不停步，始終保持着自我奮鬥的目標。今天，你終於成為一匹出色的飛馬了！祝賀你！我們都為你而感到自豪！」

與兒童文學名家對話

周蜜蜜對孩子說：

一個「不」字雖然簡單，但卻不是容易說出口的，

往往會與勇氣、耐力和堅定的決心有關。

小灰馬曾多次面臨選擇的關頭，都勇敢地說出了「不」字，

即使要承受很多磨難，也堅持達到了最後的目標。

你也會有這種勇氣和毅力嗎？

孩子的話：

給伴讀者的話

周蜜蜜對爸爸媽媽說：

要達到預定的目標，常常會面臨很多的抉擇和考驗。
所以，從小培養孩子的堅定信心和毅力，
是非常重要的。讓他們以故事中的小灰馬為榜樣，
無論有多麼艱難困苦，無論面對着多少誘惑，
也要作出正確的選擇，堅持走自己的路，
才會突飛猛進，達到最後的目標。

飛天樂園

何欣和何樂是兩姊弟。

何欣只比何樂高一年級，很喜歡閱讀，除了教科書之外，她還喜歡看各種課外書。何樂卻是個「電子遊戲機迷」，一天到晚機不離手，玩個不停。

這天放學後，何樂在街角遇見一個陌生人，遞過來一部電子遊戲機，說：「這一部最新推出的電子遊戲機給你試玩，看看過不過癮。」

何樂高高興興地接過遊戲機，馬上拿回家裏試玩。

當何樂按下遊戲機上的一個鍵，螢幕閃閃發光，出現了一輛銀灰色的汽車。司機探頭招手說：「嗨！請上我的飛天巴士，將會帶你到飛天樂園去，包保讓你玩得開心又滿意！」

不得了，飛天巴士一下子變得很大很大，車長伸手把何樂拉了上去。開得飛快，一眨眼間，就到了「飛天樂園」。

嘩哈！這裏有各種各樣、大大小小的遊戲機，何樂簡直覺得自己的一對眼睛，一雙手都不夠用了。

他選中一部賽車的遊戲機玩起來，加速、飄移、飛轉彎……好刺激！

玩了不知多久，何樂累了，又餓了，但樂園裏不見有任何交通工具，只有一些汽水機，食物機（只有薯片）提供吃喝，他坐地上猛吃猛喝，就是不知道怎麼回家。

　　媽媽做好飯，讓何欣叫弟弟出來吃。

　　何欣應聲走入何樂的房間，但只見有一部電子遊戲機在桌上，何樂卻連個人影也沒有。何欣想了想，拿起遊戲機按一下，看到了何樂所見到的，飛天巴士和車長。何欣明白了，何樂就是這樣消失了的。

她用手按住激跳的心，深吸一口氣，想着：不入虎穴，焉得虎子！為了救何樂，非得要去走一趟不可！

　　於是，她乘上了「飛天巴士」，也到了「飛天樂園」。

　　何欣下了車，就有接待員引領她走進去。

　　這裏的電子遊戲機很多，玩的小孩也很多。

　　那邊有一部很漂亮的跳舞機，何欣忍不住過去玩了一下，但很快想起自己是要來找弟弟的，就不再玩了。

　　她走到一條通道上，遇見一羣小孩子，他們的眼睛紅紅的，臉色青青的，發出絕望的埋怨：「壞了壞了，出口在哪裏？怎麼能回到外面的世界去？」

　　「我好累啊！爸爸媽媽不知道怎麼樣了，我真想馬上見到他們。」

　　「早知道是這樣，我就不來玩，永遠也不來了……」

　　當中有的孩子哭起來。

　　何欣心裏一陣酸痛，很仔細地看着他們，但見不到何樂。

　　何欣抬頭望望上面，有一個巨大的人造穹頂籠罩住，令飛天樂園與世隔絕，在這裏根本看不到外面的天空，也分不清究竟是黑夜，還是白天。

　　她想了想，走向那些正在打機的孩子，輕聲地唱起一支媽媽教過她和何樂唱的兒歌：「月兒黃黃像什麼？」

　　一個坐在地上的男孩子就接着唱：「月兒黃黃像檸檬。」

　　何欣又唱：「星兒閃閃像什麼？」

　　那男孩子站起來，繼續唱下去：「星兒閃閃像銀釘！」

　　啊！是何樂！何欣看清楚了，那男孩子就是何樂！

　　「姐姐！」何樂也認出來，叫出來了。他們一齊合唱：「月兒黃黃像什麼？月兒黃黃像檸檬。星兒閃閃像什麼？星兒閃閃像銀釘！」歌聲直衝上穹頂。

　　咯嘞嘞……

　　隨着響聲，穹頂裂開了，露出寶藍色的夜空，有黃得像檸檬似的月，還有亮得像銀釘般的星。

　　「好啊！我們看到外面的世界，可以找到出路回家啦！」孩子們一起歡呼。

　　何欣拉住何樂的手，大步走上回家的路。

與兒童文學名家對話

周蜜蜜對孩子說：

沉迷在電子遊戲的世界，很容易會令人迷途忘返，

何樂的經歷，你覺得會不會有危險和可怕的感覺呢？

又累又餓卻回不到家是可悲的，

但失去了自己應有的想像力，就更可憐了。

說一說何欣是怎樣喚回何樂的記憶，

才能找到回家的路。

孩子的話：

給伴讀者的話

周蜜蜜對爸爸媽媽說：

沉迷於電玩世界的孩子，
很容易會喪失了想像力和創作力，
就像故事中的男主角那樣。
作為家長和教育工作者，
都應該及時地想方設法把他們「解救」出來。

圖：Aspen

奇妙的禮物

肥仔東是個急性子的人，做什麼事情都又快又急。就連吃薄餅也這樣，王健思才咬了一口，肥仔東卻已將整塊薄餅都吞掉了。

他們二人是好朋友，放暑假時一起到遊樂場裏玩。

首先玩射擊遊戲，王健思瞄準了才發射，一下射中目標，得到了一個小金章獎品。

肥仔東很想取得更好的成績，但他越是急，就越射不中。

「不玩了！這遊戲一點也不好玩。」肥仔東扔下玩具手槍，不高興地走開了。

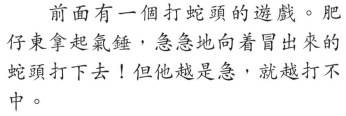

前面有一個打蛇頭的遊戲。肥仔東拿起氣錘，急急地向着冒出來的蛇頭打下去！但他越是急，就越打不中。

王健思沉着氣，看準了才揮錘打下去，成績真不錯，得到了一個小筆盒獎品。

　　「不玩了！這遊戲一點也不好玩。」肥仔東扔下玩具氣錘，不高興地走開了。

　　他們走到一個電動的夾公仔機旁，肥仔東立刻快速地按電鍵，但他越是急，就越是鉗不到。

　　王健思冷靜地按一下電鍵，大電鉗慢慢的移動，哈！鉗住了一隻很可愛的毛毛大海龜。

　　「不玩了！這個遊樂場裏的遊戲一點也不好玩。」肥仔東氣呼呼地離開了遊樂場，王健思也只好跟着他一起走出去。

他們一直走到了海邊。王健思看見肥仔東悶悶不樂，就說：「這毛毛大海龜的樣子多有趣，送給你吧。」

肥仔東搖頭說：「不，這是你的獎品，我不能要。」

他繼續向前行。突然，肥仔東在一堆礁石旁站住了說：「嘩！好大的一隻海龜！」

王健思過去一看，果然有一隻活生生的大海龜，伸長脖子，一雙眼睛圓鼓鼓，亮晶晶，似乎很有智慧。忍不住拍手說：「好得很！這隻真的大海龜，比我的毛毛假海龜強得多了！你不如把牠帶回家養來玩吧！」

肥仔東搖頭說：「不，牠要在這裏自由自在的生活，我不能把牠帶走。大海龜，再見！」

大海龜兩眼望着他，好像點了一點頭。

　　幾天以後，肥仔東收到一個特大郵件，還有一封信，上面寫着：「歡迎加入『慢下來俱樂部』，請收下這份小禮物！」

　　「慢下來俱樂部？」真奇怪！肥仔東急忙拆開郵件，只見紅，綠，黃三個精美的禮品盒，分別寫着1，2，3的數字。

　　於是，肥仔東先把寫着1字的紅色禮品盒打開，裏面裝着一顆像朱古力蛋似的物體，還有一張字條，寫着：請你慢慢吃——*滋*味*蛋。

　　肥仔東拿起*滋*味*蛋，放到嘴裏慢慢吃，每一個都有不同的美味：有的像燒雞；有的像牛排；有的像雞蛋；也有的像朱古力；還有的像棉花糖。

　　接着，肥仔東又把寫着2字的綠色禮品盒打開，
裏面裝着一部機器，寫着：請你慢慢玩——*智*力*
器。

　　肥仔東拿起*智*力*器，按下一個鍵，螢幕上顯
出一隻小海龜，牠眨眨眼，顯示一條題目：「蝦的
血液是什麼顏色的？」

　　然後，有不同的答案供選擇：「紅的、藍的、
白的、黑的」。

　　還有提示：「可以查閱有關的圖書」。

　　如果答對了，小海龜就跳出來，笑眯眯的給你
一個5分；如果答錯了，就只會看到一個小龜蛋。

　　這可太好玩啦！

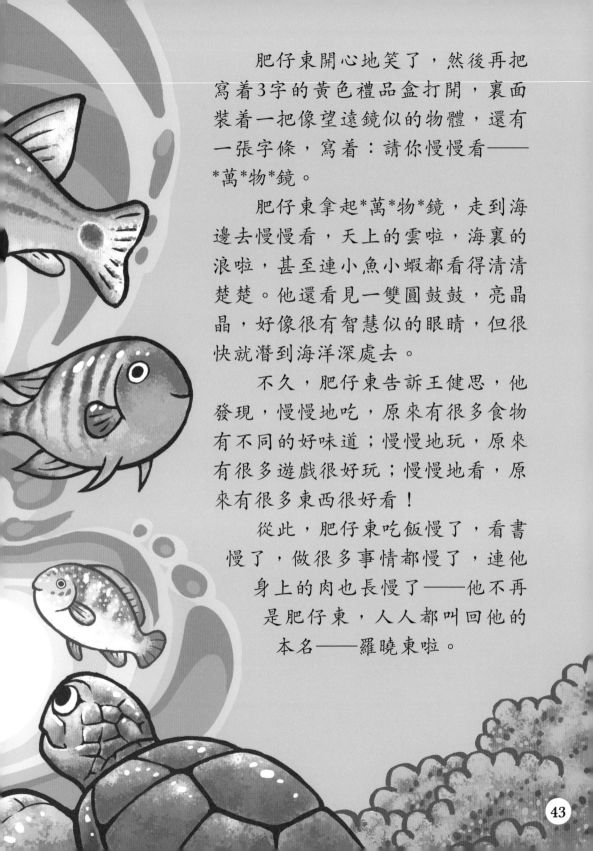

　　肥仔東開心地笑了，然後再把寫着3字的黃色禮品盒打開，裏面裝着一把像望遠鏡似的物體，還有一張字條，寫着：請你慢慢看——＊萬＊物＊鏡。

　　肥仔東拿起＊萬＊物＊鏡，走到海邊去慢慢看，天上的雲啦，海裏的浪啦，甚至連小魚小蝦都看得清清楚楚。他還看見一雙圓鼓鼓，亮晶晶，好像很有智慧似的眼睛，但很快就潛到海洋深處去。

　　不久，肥仔東告訴王健思，他發現，慢慢地吃，原來有很多食物有不同的好味道；慢慢地玩，原來有很多遊戲很好玩；慢慢地看，原來有很多東西很好看！

　　從此，肥仔東吃飯慢了，看書慢了，做很多事情都慢了，連他身上的肉也長慢了——他不再是肥仔東，人人都叫回他的本名——羅曉東啦。

與兒童文學名家對話

周蜜蜜對孩子說：

肥仔東收到的禮物為什麼會令他感覺奇妙？

他收到禮物的前後，生活態度有些什麼變化呢？

慢食、細看、好好地思考，肥仔東後來做到了，

你有沒有與他同樣的體驗？

說一說你的感受是怎麼樣的？

孩子的話：

給伴讀者的話

周蜜蜜對爸爸媽媽說：

慢生活是一種健康的生活態度，但在節奏快速的
現實生活中，很不容易保持和發展。
因此，應該從小就教會孩子們養成慢生活的習慣，
不要胡亂追求速度與潮流，
才更有助於他們身心更健康地成長。

圖：藍曉

跳跳和妙妙

　　跳跳和妙妙，都是氣球一族的成員。

　　跳跳的身形圓圓胖胖；妙妙的身形長長軟軟。

　　這天，他們跟着氣球領袖，來到一個寬闊美麗的大商場。原來，這裏正舉行一個盛大的嘉年華會，人來人往真熱鬧！

　　可惜，跳跳和妙妙，被指派到一個轉角的位置，不容易被人看得見。

　　「為什麼我們要受冷落？還真不公平，我很生氣！」跳跳氣鼓鼓地說。

　　「別生氣，這個位置也需要有氣球裝飾的，我們就等着吧，不會有損失的。」妙妙笑着勸跳跳，老老實實地站直了身子。

這時候，前面傳來一陣歡呼聲。有一位很受歡迎的歌手走進了商場。人們就像潮水一樣，歡呼去迎接。全場都被這熱烈的氣氛感染了。

可是，跳跳不高興，氣呼呼地跳起來說：「我一點兒也看不見，真氣死我了！」

「別生氣，我們站在這裏，也能感受到人們的快樂，這就可以滿足啦！」妙妙還是笑嘻嘻的，在一旁安慰着跳跳。

「媽媽，媽媽快來看，這個氣球多漂亮！」

忽然間，有一位小朋友衝過來，伸出手指比畫着，向她媽媽稱讚氣球姿勢和外表美麗。不過，這使跳跳生氣，因為小朋友指着的氣球不是他，而是正對着商場大堂的同胞們。

「氣死我了！我要再站下去，恐怕這輩子也出不了頭，小朋友根本看不見我！」

跳跳氣得上躥下跳，一肚子怒氣，在他的身體內越來越膨脹。

　　「跳跳，小心啊！你不要再發怒亂跳，會把自
己氣壞的！」妙妙焦急地叫起來。

　　但是，已經遲了，跳跳一點兒也聽不進去，他
硬跳過妙妙的頭頂，直向大堂下衝，攔也攔不住。

　　「嘭！」

　　一聲巨響，跳跳氣炸了肚皮。

　　「啊！跳跳……」妙妙和其他氣球嚇得哭了。

　　有一位戴着眼鏡的叔叔走過，他把跳跳拾了起
來，看了又看。

「這本來是一個多麼可愛的氣球啊！真可惜了！」

戴眼鏡的叔叔說着，想了一下，就把跳跳放進手提袋裏，帶走了。

「再見，跳跳！」妙妙難過地低聲説。

但很快地，大堂就被人們和歌手的快樂笑聲、歌聲充滿了。

嘉年華會結束之後，妙妙和氣球一族成員全被裝上一輛汽車，送到一間很大很大的醫院裏去。

接着，妙妙被分派到兒童病房裏。喲！原來這裏有不少小朋友，他們都很喜歡妙妙呢！他們不停地抱抱妙妙、親親妙妙，妙妙也很愛他們。

無論病人小朋友吃的藥有多苦，打的針有多痛，妙妙都會想辦法逗他們笑。

兒童病房成了全醫院最開心的病房。妙妙有時想起了跳跳，如果他在這裏，看到現在這樣子就好了！這比別人讚美要好得多呢。

有一天，兒童病房響起了歌聲，原來是那位有名的歌手，帶着一批禮物來慰問病人小朋友。

小朋友從歌手哥哥的手中，接過各種各樣的禮物，都非常高興。

「妙妙，妙妙，你看看，我在這裏！」

跳跳的聲音，忽地在妙妙耳邊響了起來，她一看，驚奇得瞪大了眼睛。

原來，跳跳已變身成為一幅美麗的立體圖畫，正被一位小朋友捧在手中。他輕輕地對妙妙說着氣球一族的話：「是畫家叔叔把我改變的。我當初不該亂發脾氣，以後，我也不會隨便生氣了！」

與兒童文學名家對話

周蜜蜜對孩子說：

兩個外型不同的氣球，性格和脾氣也不同，

處事方式以及結果也不相同。

你喜歡跳跳還是喜歡妙妙呢？為什麼？

說一說你和他的相同之處和不同之處。

孩子的話：

給伴讀者的話

周蜜蜜對爸爸媽媽說：

嫉妒和焦躁都是負面的情緒，會影響孩子的身心
健康成長，對比跳跳和妙妙兩個故事人物，
可以幫助小讀者認清不同心態和情緒所帶來的正、
負兩個方面的不同後果，
從而幫助他們克服要不得的負面情緒。

小刺蝟吉吉一丁

圖：山貓

「吉吉一丁！」

「有！」一隻小刺蝟應聲站到動物聯校冬令營的負責人面前。

「怎麼？你就是吉吉一丁？」負責人上上下下地打量着他問。

「不錯，我就是吉吉一丁，特意前來報名做義工。」吉吉一丁很爽快地回答，他身上的刺刺也很神氣地豎了起來。

「愛美的樣子，是不是做營地保安員的工作比較合適呢？」負責人說。

「好啊！」吉吉一丁依然應得爽快。

「看他全身都是刺，做保安員恐怕連棍捧都不用帶呢，嘻嘻。」

一些同學在吉吉一丁背後嬉笑議論，吉吉一丁聽到了，也覺得很開心。他還是第一次到營地裏來做義工，就已經引起別人的關注了，感覺還不錯。

很快地，吉吉一丁接受了任務，在營地的範圍內巡邏放哨。

開始的時候，一切都很順利。吉吉一丁手臂戴上營地警衛臂章，還有一根小小的警棍，按照規定的路線，在營地各處巡視着。營地裏的一切，看起來都很正常，各個營友，在各個隊長指揮下，進行不同的活動，秩序井然。

當吉吉一丁巡邏到營地的操場時，突然，一個籃球飛過他的頭頂，緊接着，一個黃毛茸茸的物體向他猛撞過來——吉吉一丁躲避不及，只聽見「哎呀」一聲慘叫，那個黃毛物體一下子「黏」到了他的身上。

周圍的人馬上趕過來，才看清楚了，原來是金毛鼠同學王小奔為了搶球，撞到了吉吉一丁，可憐他全身的皮毛，被吉吉一丁身上的刺刺着，痛得呱呱叫。

　　在場的人好不容易才把王小奔和吉吉一丁的身體分開來，但王小奔已經多處受傷，吉吉一丁也被命令停職了。

　　就這樣，吉吉一丁感到自己在營地裏成為不受歡迎的人。儘管他披上厚厚的大衣，但是，無論走到哪裏，人們都慌忙地避開，誰也不會忘記他身上的刺刺，是會對接近他的人造成傷害的。每每遇到人們躲避的情況，吉吉一丁的心裏就很難過，卻又無法向任何人訴説。

　　這一天，吉吉一丁到飯堂吃飯，他獨自端着
一份快餐，走到走廊的時候，遇上了迎面而來的松
鼠同學卜卜子，對方大驚失色，猛地跳了起來，手
上捧着的一盤果子，也隨即跌落下來，滾得一地都
是。卜卜子忍不住放聲大叫和痛哭。

　　吉吉一丁二話不說，立刻放下自己手中的快
餐，飛撲到地上，向着四面散落的果子翻滾過去。

　　說時遲，那時快，吉吉一丁轉眼之間就把掉
落在地上的所有果子迅速地收集起來，重新放入盤
中，交回給卜卜子同學。

　　「高手！吉吉一丁同學是高手！」

　　「精彩！真精彩！」

　　四周圍的同學旁觀了這個過程，紛紛向吉吉一丁鼓掌歡呼。

　　卜卜子同學接過那一盤果子，也連聲向吉吉一丁道謝。

　　站在一旁的廚師羊咩咩大叔把吉吉一丁拉到一邊，笑着說：「這位同學，你做得很好！既然有這樣的好身手，不如就留在這裏，做我的助手，好嗎？」

　　吉吉一丁照樣是爽快地回應：

　　「好啊！好啊！」

　　從此，吉吉一丁就留在飯堂工作，非常勤快又愉快，得到羊咩咩大叔和其他炊事員的讚賞。

不久之後，飯堂推出了一套新的餐飲菜式，名為「吉吉壽司吧」，吸引了整個營地的老師和同學。

　　在推廣會上，只見廚師羊咩咩大叔親自出場，擺一張巨大的餐桌，推到飯堂的最中心位置。只見那餐桌上的擺設，五彩繽紛，鮮艷奪目，引得所有的人眼界大開，食慾大增：巨型的餐桌上，展示着一個半圓形的刺刺球，滿布着各式各樣、色香味美的壽司、海鮮和魚生等食物，令人耳目為之一新，精神為之一振。

　　「那不是吉吉一丁嗎！是他！正是他！身體有型，食物更有營呀！」

　　許多老師和同學一齊歡叫起來。他們都看到了，餐桌上的吉吉一丁，正以自己長有刺刺的身體，化為特別的壽司美食承載器，展示出大家喜聞樂見的、多姿多彩的美食。

　　「吉吉一丁好！吉吉一丁妙！吉吉一丁呱呱叫！」

　　「吉吉一丁無私奉獻，勞苦功高，是個好榜樣！」

　　讚美的話語，從師生們的口中飛出，此伏彼起，充滿了整個飯堂，又傳遍營地的每一個角落。

　　自此以後，吉吉一丁成為營地中大家最喜愛、最受歡迎的義工。

與兒童文學名家對話

周蜜蜜對孩子說：

你有沒有想過，長大以後做什麼職業呢？
看看故事中的小刺蝟吉吉一丁，是不是適合當一個
保安員？為什麼？後來他在飯堂裏受到大家的歡迎，
又是什麼原因呢？如果將來你的工作願望成真，
你會怎樣做得最好？

孩子的話：

給伴讀者的話

周蜜蜜對爸爸媽媽說：

每一個孩子在成長的過程中都會有種種優點和缺點。

然而，天生我材必有用，

要讓每一個孩子都可以通過不同的方法鍛煉自己，

更加清楚地認清自己的長處和短處，

力求上進，發揮潛能，做到最好。

圖：藍曉

如果林的秘密

　　吳偉豪是一個四年級的小學生，他平日說話，常常離不開「如果」這兩個字。比如，星期一要上學，他很不願意起牀，就會說：「哎呀，如果今天還是星期天就好了，我可以睡懶覺，還能大玩特玩電子遊戲機，多痛快！」

　　放學回家之後，媽媽叫他做功課，他又會說：「哎呀，如果我有一個智能機器人就好了，可以替我做完所有的功課。」

　　到了學校上體育堂的時候，他會說：「哎呀，如果我是劉翔就好了，一抬腿，幾步就可以跑到終點去，肯定比誰都更快！」

因此，同學們給吳偉豪一個綽號，叫他做「如果大王」。

這一天，是公眾假期，不用去上學，大家都很高興，吳偉豪自然也不例外，更令他開心的是，爸爸媽媽帶他去一個小小的海島去度假遊玩。

他放眼一看，這裏的景色真美麗，展現在面前的是藍藍的海水，白白的沙灘，綠綠的樹林，明媚的陽光，涼爽的清風……嘩！真是好極啦！

爸爸媽媽領着吳偉豪走到一個很大的海灘，他們和絡繹不絕地前來的遊客一樣，換上泳裝游泳啦，曬太陽啦，吹海風啦，也有玩水上單車和風帆的，人人自得其樂。

在玩過一段時間之後，爸爸媽媽分別躺在沙灘椅上休息、閱讀，而吳偉豪就去周圍閒逛。

他一邊走着，一邊向四處張望，忽然之間，迎面吹過來一陣涼爽的清風，隨即隱隱約約地聽到一把奇怪的聲音：「……如果……如果……如果……如果……」

這是什麼聲音？

是不是有誰在說話？

哈哈！莫非這裏也有和我相似的「如果大王」嗎？

他的心中頓時泛起許多疑問，忍不住跟着那些聲音走過去……

不一會兒，前方出現了一片美麗豐碩的果樹林：在一棵棵枝繁葉茂的樹上，長着一個個五彩繽紛的大果子，不僅顏色鮮艷，而且形狀奇特，既像一枚枚風鈴，又像一個個氣球，每當風一吹來，它們就會發出喃喃私語般的聲音：「……如果如果如果如果……」

他忍不住伸出手，摘下一個紅得發紫的大果子，非凡的香味引誘他放入口中……

　　嘩！好甜啊！鮮美的果汁一直滲入他的心肺。
就在這時候，伴隨動聽的歌曲，一個男孩子的聲音
說：「如果我會飛就好了！」

　　話音剛落，一幅巨型屏幕升起，顯現出一個英
氣勃勃的青年飛行員，駕駛飛機，直衝藍天。

　　接着，他又摘下一個金黃色的果子，咬了一
口，只聽到一個女孩子的聲音說：「如果我能跳上
彩虹就好了！」

　　屏幕上即時顯現出跳舞的少女，手持絲帶，躍

上彩虹。

　　他再去摘一個藍色的果子，聽到一個男孩子的聲音說：「如果我一年到晚都放假就好了。」

　　「砰！」的一下，藍色果子就像肥皂泡一樣爆開了。

　　他又去摘一個青色的果子，一個女孩子的聲音說：「如果我不再長大就好了。」

　　「砰！」一聲，青色果子就像肥皂泡一樣破滅了。

「偉⋯⋯豪⋯⋯」

遠處傳來爸爸媽媽的呼喚。

他急急忙忙跑回去，和爸爸媽媽會合。

「你剛才跑到哪裏去了？」媽媽問。

「如果我説我去過如果林，你們相信嗎？」偉豪説。

「什麼如果去過如果林？你這個孩子，老是愛説什麼如果如果的，真奇怪！」

「哈哈哈！」爸爸在一旁笑起來，説：「這

有什麼奇怪的，如果我們都是小孩子，還不是滿腦子如果如果的愛幻想嗎？想如果說如果並不是壞事情，但能夠把如果變為真正的成果，令夢想成為事實，那才是了不起呢。」

偉豪拍手說：「爸爸說得很好！我今後會努力，把說出來的每一個『如果』變成為最好最美最真實的成果！」

「這還差不多！」爸爸拍拍偉豪的肩膀，笑着說。

與兒童文學名家對話

周蜜蜜對孩子說：

你有沒有像故事的主人公那樣，用「如果」說話，用「如果」來思考，最後又會將多少「如果」變為真實的成果呢？有沒有想過，當你擁有很多很多的「如果」，結果又如何呢？不妨與身邊的同學、朋友互相交流一下，可能會有不少收穫的。

孩子的話：

給伴讀者的話

周蜜蜜對爸爸媽媽說：

「如果」是想像，是假設，天生就有幻想力的孩子，
會有不斷湧現的「如果」，是值得家長鼓勵和
循循善誘的。而教育得法，更可以讓他們將
各種各樣的「如果」通過努力去實現，
收穫更多的、美好的成果。

石頭淚

「哇——」一個非常健康可愛的嬰兒出生了，樹頂的小鳥聽到，紛紛拍翅起飛。地面的小狗聽了，汪汪歡叫奔跳。人們奔走相告，喜氣洋洋。

嬰兒的父母親給他取了一個響亮的名字：威威。

時間一天天地過去，威威一天天地長大。

威威學走路，跌倒了，痛得張口要哭，媽媽制止說：「好孩子不哭，都是這地板壞，媽媽替你踢它。」說完，就用腳踢了踢地板。

威威聽媽媽的話，忍住不哭，也用腳踢地板：

「踢踢！」

　　疼痛的感覺，其實沒有消除，但威威心內的某一部分，似乎變得硬了起來。

　　有一天，小威威學大人搬椅子，不小心碰到膝蓋，痛得張口要哭，爸爸制止說：「男兒流血不流淚。你不要哭，我替你打回椅子出氣。」說完，便舉起拳頭打了打椅子。

　　威威聽爸爸的話，忍住不哭，也舉起拳頭打椅子：「打打！」

　　疼痛的感覺，其實沒有消除，但威威心內的某一部分，似乎變得堅硬了起來。

威威越長大，身體越強壯。

爸爸按照石花村的傳統，把他送到石人谷，拜見師傅，學習做一名搏擊拳手。師傅對威威的要求非常嚴格，在訓練的時候，不准叫苦，不許喊痛，每一個動作都要用功練習，直至完全熟練。

經過一段時間的訓練，師傅找來強壯的對手，跟威威對打。初次上陣的威威，被對手打中，痛得齜牙咧嘴，淚水也要湧出來了。

師傅在旁大聲訓斥：「忍住！不要怕痛，快快還擊！」

　　威威只覺心一硬，拳一舉，打得對方難以招架，結果，他贏了。

　　從此以後，威威越打越勇，他的身心，也越來越強硬。漸漸地，威威越來越出名，成為一個常勝拳擊手。

　　有一天，威威參加一場公開比賽，再次奪得了全場總冠軍，贏得觀眾熱烈的歡呼和鼓掌聲。就在這時候，一位美麗的小姑娘走上台，熱情地為他獻唱。小姑娘的歌聲，優美而動聽，就連空中的雲朵，聽着也不飄移。河裏的魚兒，聽着也忘了游動。全場的觀眾，聽得如痴如醉。

　　威威只覺得心上一熱，有一種很舒服的感覺。

　　當小姑娘唱完歌之後，威威高興地和她握手致謝。就這樣，他和這位名叫柔柔的小姑娘無所不談，成為很好的朋友。

一次，他們二人相約到公園裏遊玩。
走在清風拂面的林蔭小路上，威威和柔柔有說有笑，十分快樂。前面有一位老公公不慎跌倒，柔柔急忙跑過去，把他扶起來，要送他回家。
可是威威不願意，說：

「是他自己跌倒的，你不要管他。」

　　柔柔很生氣，含着眼淚說：「你的心腸怎麼這樣硬啊？我不認識你了。」

　　柔柔獨自送老公公回家，再也不理威威了。

　　威威看不到柔柔，卻不能不想柔柔，他的心很痛，卻哭不出來，非常難受。

為了證明自己還是強壯有力的，威威不停地參加各種拳擊比賽，而且專向強大的對手挑戰。

　　這一天他要和一個有「鐵拳」稱號的超級拳擊手比賽。

　　對方實在厲害，威威被打得趴在地上，失去了知覺，被送進了醫院。但醫生不知如何才能搶救他，因為他全身發硬，連針也插不進去，難以注射藥物。

　　威威昏昏沉沉的躺着，似乎已經返魂乏術，大家焦急萬分的時候，柔柔走了進來，輕輕地對威威唱起了一首歌。這時，威威感覺耳朵一熱，柔柔親切動人的歌聲，像一股清澈晶瑩的泉水，源源不絕地通過他的耳朵，一直流到他的心中。

　　威威的身體開始軟化了，張開眼睛，「咯咯咯」地流出了一大把一大把的石頭眼淚，在場的人們都看呆了。只見威威一下子坐起來，

拉着正俯首向他唱歌的柔柔説：「謝謝你！唱得太好聽了！我的心腸不再堅硬，變得柔軟舒服。」

　　説着，一顆珍珠似的淚水，奪腔而出，灑落在柔柔的手上。他感到前所未有的身心舒暢，周圍的人們熱烈地鼓起掌來。

與兒童文學名家對話

周蜜蜜對孩子說：

身體被打是會痛的，解除痛苦的最好辦法，

不是像小威威當初那樣，強撐硬忍，

也不是報復反擊，而是像柔柔那樣，

懂得體諒和愛。你也曾有類似的體會嗎？

孩子的話：

給伴讀者的話

周蜜蜜對爸爸媽媽說：

人心是肉做的，身體被傷害會痛，
心靈被傷害會更痛，我們在培養孩子的過程中，
必須用正確的方法保護他們，給予他們愛的教育，
令他們成為既勇敢，又善良的人，
並且學會將心比心，對別人富有同理心。

周蜜蜜

又名周密密、作家、編劇、文學編輯，寫作導師。曾創作多部兒童廣播劇和電視劇、小說、散文集，並為政府及不同的公共機構編寫語文教科書、普通話教科書，以及公民教育、法律教育、音樂教育、性教育教材。

作品獲得青年文學獎、中華優秀小說獎、華語優秀詩篇獎、香港書獎、中文文學雙年獎、張天翼童話獎、冰心兒童圖書獎，有部分作品翻譯成英文、日文、韓文在海外出版。

現為兒童文學藝術聯會會長、香港作家聯會副會長、香港作家出版社副總編輯、護苗基金教育委員、香港女作家協會主席、中國作家協會會員、香港電台節目顧問、香港藝術發展局文學評審委員。

香港兒童文學名家繪本集
尋找藍天：周蜜蜜給孩子的故事

作　　者：周蜜蜜
繪　　圖：藍曉、Spacey、山貓、Aspen、陳焯嘉
責任編輯：嚴瓊音
美術設計：新雅製作部
出　　版：新雅文化事業有限公司
　　　　　香港英皇道499號北角工業大廈18樓
　　　　　電話：(852) 2138 7998
　　　　　傳真：(852) 2597 4003
　　　　　網址：http://www.sunya.com.hk
　　　　　電郵：marketing@sunya.com.hk
發　　行：香港聯合書刊物流有限公司
　　　　　香港荃灣德士古道220-248號荃灣工業中心16樓
　　　　　電話：(852) 2150 2100
　　　　　傳真：(852) 2407 3062
　　　　　電郵：info@suplogistics.com.hk
印　　刷：中華商務彩色印刷有限公司
　　　　　香港新界大埔汀麗路36號
版　　次：二〇二三年六月初版

ISBN: 978-962-08-8194-7
© 2023 Sun Ya Publications (HK) Ltd.
18/F, North Point Industrial Building, 499 King's Road, Hong Kong
Published in Hong Kong SAR, China
Printed in China